KB103122

사과가
필요해

사과가
필요해

박성우 청소년시집

창비

3부

눈싸움

1부

난, 니가 좋아

소나기

　화단 그늘에 들어 낮잠을 자던 고양이가 벌떡 일어나 비의 신발장에서 구두를 꺼내 신고 교실 난간으로 뛰어오른다 쿵 쿵 쿵쿵 쿠구궁 쿵쿵, 셔플 댄스를 춘다 얘들아 잠깐, 나랑 같이 셔플 댄스 안 출래? 우리들은 책상 위로 올라가고 선생님은 교탁 위로 올라가 쿵쿵 쿵쿵 쿠구궁 쿵쿵, 셔플 댄스를 춘다

카스텔라 교실

카스텔라 교실에서는 딱딱한 의자와 책상 대신 푹신푹신 보들보들한 카스텔라 침대에 엎드려 카스텔라 칠판을 보며 수업을 받아, 으음 좋겠지

카스텔라 교실에서는 말랑말랑 쫀득쫀득 촉촉한 카스텔라를 엎드려서도 뜯어 먹고 뒹굴뒹굴 뒹굴면서도 뜯어 먹으며 공부를 해, 으음 좋겠지

카스텔라 교실에서는 초코카스텔라 분단 애들이랑 딸기카스텔라 분단 애들이 초코맛과 딸기맛을 바꿔 즐기며 쉬는 시간을 보내, 으음 좋겠지

대나무 성장통

속이 없는 게 아니야, 속을 비워 두는 거야!

말할까 말까

어느 날 갑자기
내 머릿속에 들어 있는 걸 다 꺼내 놓으면
선생님은 스프링처럼 튕겨져 나가겠지?
엄마 아빠는 장풍을 맞은 것처럼
손발을 뻗고 날아가 가슴을 쥐어짜겠지?
어떻게 쥐방울만 한 애 머릿속이
이딴 것들로 꽉 들어차 있을 수가 있느냐고,
눈을 똥그랗게 뜨고 거친 숨을 몰아쉬겠지?
내 머릿속에 꽉 들어차 있는 잡동사니를
빠짐없이 머리 위로 꺼내 올리면 말이야!

난, 니가 좋아

니가 내 마음을 알아주면 나는 페인트 통을 들고 날아오를 거야 니가 가는 길마다, 니가 좋아하는 파란색을 칠해 놓을 거야!

니가 내 마음을 알아주면 나는 파란 창문을 들고 날아오를 거야 니가 앉는 자리마다, 파란 창문을 달아 놓을 거야!

나도 니가 좋아, 니가 내 마음을 받아 주면 나는 니 손을 잡고 날아오를 거야 하양 하트 구름 그려 놓은 파란 하늘 위로 날아오를 거야!

밀착 자전거

실컷 늦잠을 자고 일어났다

하늘도 파랗고
날도 제법 풀렸는데 쉬는 날
집에만 있자니 몸이 찌뿌둥해져 왔다
그래, 강변에서 자전거나 타자

자전거 타고 집을 나섰다가
도서관에 간다는 미진이를 만났다
우리, 자전거나 같이 탈까? 나는
미적거리는 미진이를 뒷자리에 태우고
매번 가던 강가 쪽으로 나갔다

한 오 분이나 자전거를 탔을까
점점 손과 귀가 시려 왔다 겨우 참으면서
자전거 페달을 돌리는데 내 옆구리
옷자락을 어정쩡 잡고 있던 미진이가

내 점퍼 주머니에 슬쩍 손을 넣어 왔다
아아, 얼굴을 살짝 대 오는 느낌도 났다

이 힘은 어디서 오는 걸까
발에 힘이 잔뜩 들어간 나는
페달을 더 세게 밟아, 바람을 파랗게 갈랐다
울퉁불퉁한 곳을 달릴 때면 미진이
가슴이 슬쩍슬쩍 내 등에 닿아 왔다

야 천천히 좀 달려! 페달을
더욱 세차게 밟아 속도를 씽씽 올리니까
세상이 온통 파란색으로 물들었다

어쩌라고요 1

학교 갈 시간이 남아 밥을 좀 천천히 먹으면
—종일 밥만 먹을 거니, 학교 안 갈 거야?

학교에 늦을 거 같아 밥을 좀 빨리 먹으면
—밥을 먹는 거니 마시는 거니? 천천히 좀 먹어

입맛이 없어 밥을 설렁설렁 먹으면
—너는 밥을 귀로 먹니 코로 먹니?

아침부터 배가 고파 밥을 우걱우걱 먹으면
—에휴, 먹는 건 잘 먹는데…… 쯔쯧

어쩌라고요 2

아빠가 화난 목소리로 말할 때 대답을 하면
　——이게 어디서 아빠한테 꼬박꼬박 말대꾸야!

아빠가 화난 목소리로 말할 때 가만히 있으면
　——아빠 말이 말 같지 않냐? 왜 대답을 안 해!

아빠가 화난 목소리로 말할 때 좀 짜증을 내면
　——어쭈, 너 앞으로 용돈이고 뭐고 없을 줄 알아!

19금, 자유 시간

세미네 집이 비는 날이라서
우리는 세미네 집으로 놀러 갔다

피자와 콜라를 먹어 치운 우리는
아이돌 가수가 부르는 댄스 음악에 맞춰
막 춤을 춰 대며 배를 꺼쳤다

그러다가 우리는 딱 눈이 맞았다
야시시한 영화를 한 편 보기로 한 것,
미쳤어 미쳤어, 지우가
입에 손을 대고 호들갑을 떨기도 했지만
딱히 반대하는 사람이 없어
우리는 19금 공범이 되기로 했다

꺄악, 한참 보는데 완전 찐한 장면이 지나갔다
어머 어머, 민망해져 오는 얼굴을 식히는데
혜나가 갑자기 되돌려 보기를 눌러서

우리는 순식간에 뒤집어져 키득거렸다
우리만의 19금 자유 시간은 그렇게
빨갛게 흘러갔다

괜히 찔린 우리는 청소를 해 대기 시작했다
방 청소 거실 청소 베란다 화분 물 주기까지
깔끔하게 해치운 우리는
자유 시간을 마무리하고 훈훈하게 헤어졌다

발표, 나만 그런가?

말은 입 안에 꽉 차 있는데 입이 떨어지지가 않아
겨우 개미만 한 말만 기어 나와 웅얼웅얼 웅얼거려
겨우겨우 꺼낸 말은 불어 터진 면발처럼 뚝뚝 끊어져
겨우겨우 꺼낸 말은 오토바이를 타고 씽씽 지나가
자 천천히 발표하도록 하자, 선생님 말을 들으면
아, 어디까지 말했더라? 말은 배배 꼬여 나오고
머릿속은 텅 빈 교실처럼 텅 빈 운동장처럼 텅텅 비어
오징어가 된 몸을 흐느적흐느적 흐느적대다 보면
입술은 바짝바짝 말라 오고 다리는 후들후들 떨려 와
우물우물 나오려던 말조차 목구멍 속으로 쏙 들어가
정신 바짝 차리고 아랫배에 힘을 주고 말하려 하면
방귀가 나올 것만 같고, 갑자기 오줌은 마려 오고
자 힘내라고 박수 한 번 쳐 주자, 짝짝 짝짝짝
얽히고설킨 말과 생각은 실처럼 꼬여 헝클어지고
하려고 하는 말은 안 나오고 애먼 말만 삐져나와
눈치코치도 없이 어이없는 웃음만 실실 나오려 해
떠듬떠듬 중얼중얼 흐느적흐느적 버벅대다가

무슨 말을 했는지도 모르게 떠들다 발표를 마쳐
고개를 푹 숙이고 멋쩍게 돌아가 자리에 앉으면
원래 내가 발표하려고 했던 말들이 줄줄이 생각나

핑계 대지 말고 자리에

육 교시 수업 때였다 우리가 막
떠들고 장난치고 있는데 선생님이 들어오셨다
니들 이러기야, 야 거기 자는 애들 좀 깨워!

선생님이 출석부로 교탁을 탁탁
치고 나서야 교실은 한결 조용해졌다
선생님은 기다렸다는 듯이
짜증 섞인 목소리로 싫은 소리를 해 댔다

자세를 고쳐 앉은 나는 속으로 생각했다
회의를 했든 뭐를 했든
한참이나 늦게 들어온 건 선생님인데
왜 자꾸 우리한테만 뭐라 하지?

오늘 몇 쪽 나갈 차례지? 책 펴!
잔뜩 주눅이 든 애들은
찍소리도 못 하고 눈치 살피며 책을 폈다

그때였다 교실 뒤에서 알짱알짱하다
선생님이 안 들어오니까 슬금슬금
밖으로 나갔던 준성이가 뒷문으로 슬쩍 들어왔다

넌 뭐야, 어디 갔다 이제 와? 준성이가
쭈뼛쭈뼛 버벅대면서 말하니까 선생님이
핑계 대지 말고 자리에 앉으라고 했다

고양이 학교 회장 선거

여러분 제가 회장이 되면 교실에 쥐가 바글바글하게 하고 복도에도 쥐가 바글바글하게 하겠습니다 심지어 화장실에도 쥐가 바글바글하게 하겠습니다!

아 됐고, 화장실에 휴지나 여유 있게 해 줘!

여러분 제가 회장이 되면 여러분이 쥐새끼같이 지각을 하고 쥐새끼같이 보충수업을 빼먹을 수 있도록 하겠습니다 또한 쥐새끼같이 야자 때 도망칠 수 있도록 하겠습니다!

아 됐고, 야자 때 읽고 싶은 책이나 보게 해 줘!

여러분 제가 회장이 되면 머리 염색을 하게 하고 교복 대신에 평상복으로 등하교할 수 있도록 하겠습니다 특별히 여학생의 화장 자율화도 실시하겠습니다!

아 됐고, 틴트 좀 발랐다고 '또, 쥐 잡아먹었냐?' 이 소리나 안 듣게 해 줘!

아, 예예

모처럼 갈비가 나오는 날이라
수업이 끝나자마자 급식실로 달려갔다

친구와 내가 먼저 줄을 섰는데
우리보다 늦게 온
삼 학년 선배가 새치기로 우리 앞에 섰다

내가 기분이 팍 상해 있으니까
친구가 내 기분을 풀어 주려고
겨드랑이에 손을 넣고 간질간질 간질였다

친구와 나는 웃음을 참지 못하고
크아아악, 큰 소리로 웃었다
그랬더니 아까 새치기한 삼 학년 선배가
고개 돌리고는 눈을 흘기며 말했다

니들은, 급식실 예절도 모르니?

머리가 띵해

시험을 망치고 나니 어질어질 머리가 띵해

야, 이거 나올 것 같지 않냐? 짝에게 분명
얘기해 주기까지 했는데 짝은 맞고 나는 틀려

자 이제 그만 마무리하고 제출하자,
처음 표시한 게 정답인데 막판에 고쳐서 틀려

머리를 움켜쥐고 으악 으아악
아 차라리 공부하지 말고 잠이나 잘걸

시험을 망치고 나니 어질어질 머리가 띵해

빙글빙글 날아와 뒤통수를 때려 대는 망치와
띠잉띠잉 끊어지며 이마를 튕겨 대는 기타 줄을
어떻게 좀 해 줘, 아무리 머리를 감싸 쥐어도

어찔어찔 지끈지끈 찔끔찔끔 눈물만 나!

내 맘대로 속담 공부

비 온 뒤에 땅이 굳어진다,
그래 비 오니까 슬리퍼 신고 학교 가자

뱁새가 황새 쫓아가다가 가랑이 찢어진다,
그래 천천히 학교에 가자

백문이 불여일견이다,
그래 이것저것 보면서 천천히 학교에 가자

가재는 게 편이다,
너도 슬리퍼 신고 학교 가냐? 반갑다 친구야!

돌다리도 두드려 보고 건너라,
설마, 교문에서 슬리퍼 안 잡겠지?

닭 잡아먹고 오리발 내민다,
신발 젖어서 슬리퍼로 갈아 신은 건데요!

핑계 없는 무덤 없다,

그래, 그냥 솔직하게 말하고 벌점 받자!

기대되는 걱정

니가 나를 딱 한 번만
안아 보자고 조르면
양팔을 벌려
너를 꽉 안아 줘야 할지
살짝만 안아 줘야 할지
그냥 모른 척해야 할지

니가 딱 한 번만
입맞춤하자고 조르면
내가 먼저
확 해 버려야 할지
눈을 슬쩍 감아야 할지
그냥 못 들은 척해야 할지

너를 좋아하게 된 뒤로,

걱정돼 은근 걱정돼서
공부가 안 돼

사춘기, 다 짜증 나요

학교 안 갈 거야?
—아, 지금 가잖아요

학원 잘 갔다 왔니?
—아, 그럼 못 갔다 와요?

너, 자꾸 말 쏘아 댈래?
—아, 뭘 쏘아 댄다고 그래요

넌, 뭐가 그렇게 짜증 나니?
—아, 그냥 다 짜증 나요

학교 데리고 다녀오겠습니다

　지루한 학교에 바퀴를 달아 투어 버스를 만들자 신나게 달
리면서 수업을 받고 쉬는 시간엔 창밖으로 손을 흔들어 주자
시험지 따윈 창밖으로 휘휘 휘날려 주자 때로는 일 층 이 층
삼 층 사 층 학교를 줄줄이 떼어 줄줄이 사탕처럼 줄줄이 이
어 기차를 만들자 칙칙폭폭 학교 기차를 타고 바다에 닿자
신발을 벗어 던지고 바닷가를 달리자 짐칸에 접어 싣고 온
운동장을 펴서 기구를 만들어 띄워도 좋겠지? 봄과 가을엔
학교에 제트 엔진을 달아 아프리카로 소풍을 다녀오자 목 짧
은 기린을 만나면 숨바꼭질을 잘하겠다고 격려해 주고 사슴
을 무서워하는 사자를 만나면 초식도 나쁘지 않다고 등을 토
닥여 주자 돌아오는 길에는 아프리카 친구들에게 학교 한 칸
내어 주고 가뿐하게 오자 야 너, 수업 시간에 집중 안 하고 계
속 멍 때릴래?

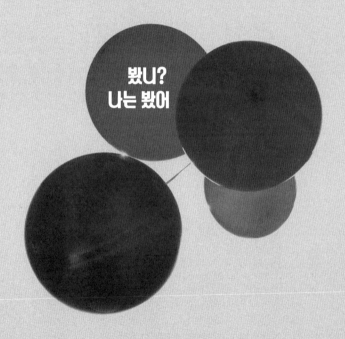

2부

유월 소낙비

청개구리가 울음주머니에서 청매실을 왁다글왁다글 쏟아
낸다

청개구리 울음주머니에서 닥다글닥다글 굴러 나오는 청
매실,

소낙비가 왁다글왁다글 닥다글닥다글 왁다글닥다글 자루
에 담아 간다

뭐지?

사사건건 시비를 걸던 엄마가
칭찬도 해 주고 격려도 해 준다, 뭐지?

게임을 하고 있어도
티브이를 보고 있어도
스마트폰을 만지고 있어도
방에 누워 빈둥거리고 있어도
싫은 소리 한 번 하지 않는다, 뭐지?

짜증을 내도 말대꾸를 해도
대충 얼버무리고 친구랑 놀다 와도
엄마가 잔소리를 하지 않는다, 뭐지?

뭐 먹고 싶은 거 없니?
피자 시켜 줄까 치킨 시켜 줄까?
야식 얘기 꺼내지도 않았는데, 뭐지?

엄마가 갑자기 잘해 주니까
엄마가 갑자기 무서워진다, 뭐지?

아 진짜 뭐지?

그럴 거면 왜 그랬니?

필기를 하다가 거의 한 줄이나 잘못 써서
볼펜으로 막 그어 대며 지우고 있는데
오른쪽 분단 내 옆쪽에 앉은 지민이가
어떻게 봤는지 씨익, 수정테이프를 내밀었다
담부턴 덤벙덤벙 글씨 쓰지 말아야지,

급식을 먹은 다음에 교실로 와서
애들이랑 모여 앉아 떠들고 있는데
말은 별로 안 하고 듣고만 있던 지민이가
야 칠칠치 못하게 이게 뭐냐, 내 옷에
붙어 있던 밥풀을 웃으면서 떼어 주었다

지민이는 공부도 제법인데
얼굴도 하는 짓도 어쩜 그리 예쁠까
그런 지민이를 나는 좋아하게 되었다

게임 좋아하는 애들은 이해가 안 가,

지민이가 말했다 게임? 게임광인 나는
독하게 마음먹고 게임을 참기로 했다
완전히 안 하는 건 아니지만
예전에 비하면 안 하는 거나 마찬가지다

노래 잘 하는 애들은 정말이지 부러워,
지민이가 말했다 노, 노래? 음치인 나는
같은 노래를 수십 번씩 들으며 연습했다
지민이가 좋아하는 노래를 알아내
지민이 앞에서 알짱알짱 흥얼흥얼 불러 댔다

머리 나쁜 애는 정말 짜증 나,
지민이가 말했다 나, 나 말하는 거니?
너 머리 진짜 나쁘구나, 나 너한테 관심 없거든!

난, 뭐니?

쟤, 뭐니?
농구 골대 밑으로
파고들어가 슛을 쏘는
저 순발력은 뭐고
저 점프력은 뭐니? 공이
백보드 림을 타고 빙글
빙글빙글 돌다가 득점이 되는
이 상황을 만드는 쟤, 뭐니?
재빨리 공을 빼내서
패스하는 저 손놀림은 뭐니?
수비수를 죄다 따돌리며
러닝 슛을 날리는 쟤, 뭐니?
넘어졌다가도
재빨리 탈탈 털고 일어나
아무렇지 않게 뛰는 쟤, 뭐니?
상대편 애들을 농락하는
저 드리블 솜씨는 뭐니?

허를 찌르는

삼 점 슛을 날리는 쟤, 뭐니?

너, 그렇게 멋져도 되는 거니?

너는 왜, 내 남자 친구가 아닌 거니?

속으로만 좋아하다 아주 빙글,

돌아 버릴 것 같은 나는 뭐니?

니 이마에서 흐르는 땀을

평생 닦아 주고 싶은 난, 뭐니?

난 대체 뭐니?

생리통

어쩨 몸이 찌뿌둥하다 싶더니
하필, 기말고사를 앞두고 생리가 왔다

그렇지 않아도
시험 때문에 머리가 지끈거리는데
생리통까지 겹치니 죽을 지경이다

진통제를 먹어야 하나?
배를 아무리 움켜쥐어도
쇠뭉치로 두들겨 맞는 것처럼
아랫배가 아파 온다 허리가
금방이라도 우지끈 끊어질 것처럼
통증이 몰려온다 다섯 개나 챙겨 온
생리대도 다 썼다 너 그거 없어?

짝이 야간 자율학습 쉬는 시간에
생리대를 슬쩍 전해 주고는

가만가만 내 등을 토닥여 준다

화장실 다녀와서 곧장
책상에 엎드리는 나를
뒤에서 꼭 안고 같이 아파해 준다
괜찮아져라 괜찮아져라, 귓불
간지럽게 주문을 외워 준다
아프지 않을 거라는 마법을
조용조용 소곤소곤 걸어 준다

무겁고 아프던 아랫배와 허리가
거짓말처럼 조금씩 괜찮아진다
고마워 짝, 덕분에 참을 만해!

지켜 줄게요, 선생님

이번 학기에 새로 오신 과학 선생님이
수업을 마치고 나서 정인이와 나를 불렀다
둘 다요? 마지막 수업을 마친 뒤에 둘이 같이
삼 층에 있는 과학실로 오라고 했다

야, 너 뭐 잘못한 거 없어? 글쎄, 너는?
작년에도 같은 반이었던 정인이와 나는
선생님한테 불려 가는 일이 거의 없었다
공부를 잘하는 것도 아니고 그렇다고
수업 시간에 자거나 떠드는 것도 아니니까

그래 와 줘서 고마워, 선생님 좀 도와줄래?
과학 선생님은 물고기 같은 동물 표본이나
무슨 풀 같은 식물 표본들을 꺼내고 있었다
표본은 생각했던 것보다 훨씬 무거웠다
우리는 같이 먼지도 털고 걸레질도 하면서
표본이나 실험 기구 같은 걸 정리했다

46

근데, 정인이가 비커 바구닐 옮기다가 그만
놓치고 말았다 어이쿠, 정인아 안 다쳤어?
놀란 선생님이 정인이 손이랑 발 같은 데를
꼼꼼히 살폈다 괜찮아, 안 다쳤으면 됐어
선생님은 우릴 뒤로 물러나 있게 한 뒤에
깨진 비커를 치우고는 몇 번이나 더 살폈다

정인이랑 내가 조마조마해하고 있는데
우리 쪽으로 오신 선생님이 휴우, 웃었다
과학실 일부만 치우는 거라서 얼마 안 돼
정리가 끝났다 선생님, 더 할 거 없어요?

다음 날 과학 선생님은 우릴 또 불렀다
우릴 기다리고 있는 것은 마카롱과 주스였다
새로 오신 과학 선생님이 나는 좋아졌다
결혼을 아직 하지 않은 것도 맘에 든다

그게 왜 맘에 드는 건지는 잘 모르겠지만

암튼 나는 선생님을 지켜 줘야겠다고 생각했다

애들도 다 해요

넌 틴트가 대체 몇 개니?
— 애들은 더 많아요

BB크림은 뭐고 CC크림은 또 뭐니?
— 애들도 다 해요

파운데이션을 왜 바르니?
— 아, 애들도 다 해요

애가 무슨 블러셔야?
— 아 엄마, 애들도 다 한다니까요

파우치 백 압수!

봤니? 나는 봤어

넌, 니 거길 본 적 있니?

난 봤어 잘 안 보여서
거울로 봤어 거울을
밑에 놓고 앉아서 봤어

오줌 나오는 곳과
생리 나오는 곳을
열일곱이 되어서야
첨으로 용기 내서 봤어

가려울 때도
생리대를 갈 때도 잘
못 보겠는 거기를 봤어
문 꼭꼭 걸어 잠그고 봤어

뭐, 이상해? 뭐가, 이상해?

내 성기가 어떻게
생겼는지도 모른다는 게
더 이상하지 않아?

엄마도 몰라?

으아악, 엄마!
유령이 또, 내 방을 뒤졌어

유령은 꼭 내가 없을 때만
옷장을 열어 보고 컴퓨터를 열어 봐
어떻게 해서든 서랍을 뒤져
다이어리까지 끄집어내 봐 쉬는 날
잠깐 밖에서 친구만 만나고 와도
가방까지 뒤져 본 흔적이 역력해

휴대폰을 책상 위에 깜빡 두고
잠시 나갔다 와도 어떻게 된 게
휴대폰 속까지 샅샅이 뒤져 봐
비밀번호는 어떻게 풀었을까? 사실
별것도 없지만 그 자체가 기분 나빠
아, 한두 번도 아니고
머리카락이 쭈뼛쭈뼛 선다니까!

유령이 또 그럴 것 같아서
나만 알아보게 표시해 둔 게 있는데도
또 그랬다니까 진짜야

엄마, 엄마는 혹시
그 유령 본 적 없어?

그때그때 달라

아빠 친구가 집에 왔어
그 대머리 아저씨 아들은
만나는 여자 친구가 있대

그래 얼마나 좋아? 엄마 아빠는
거의 동시에 박수까지 쳐 대면서
막 시끄럽게 축하해 줬어
얌전한 줄만 알았던 그 애가 그렇게
남자답고 멋진 줄 미처 몰랐다면서 말이야
자식 다 키웠다면서 어찌나
대머리 아저씨를 부러워하던지

분명히 그래 놓고서는
고 이인 오빠가 여자앨 사귀는 것 땜에
어제는 집이 아주 발칵 뒤집어졌어
엄마 아빠는 어떻게 캐냈는지
아무 사이도 아니라고 오빠가 아무리 말해도

엄마는 펄쩍펄쩍 뛰고 아빠는 벅벅 성질을 냈어
어떤 미친 애한테 홀린 거냐고
당장 학원 옮길 테니 그리 알라고

그러다가 불똥이 괜한 나한테로 튀었어
남자 친구에 '남' 자라도 꺼내는 날엔
머리카락을 싹 뽑아 버릴 줄 알라고, 실컷
불러내 공부 시간 뺏어 놓고 얼른
방에 들어가서 공부나 하라고!

그냥 아무거나

버스 타고 집에 가면서 생각한다
나는 뭐가 될까 뭘 하면서 살면 좋을까?
길가에 걸린 간판을 보면서 생각한다

미용실 할까? 난 내 머리도 귀찮아
치킨 가게? 기름 냄새는 좀 느끼하겠지?
옷 가게 할까? 난 패션 센스가 없잖아
병원? 아, 수술은 너무 무섭고 끔찍해
약국? 감기약 지어 주다 독감 옮을지도 몰라
식당? 난 내 밥 차려 먹는 것도 귀찮아
노래방? 시끄러운 건 딱 질색인데
분식집? 아마 내가 다 먹어 버리겠지
마트 할까? 아, 난 계산에 너무 약하잖아
커피숍? 언제 커피숍이 생겼지?
커피를 많이 마시면 잠이 안 올 거야
제과점? 어라, 저 제과점은 또 언제 생겼지?

아 맞다 앞 정류장에서 내렸어야 했는데,
아 맞다 버스 운전사는 어떨까?

생각이 나면

그걸 안 하면 하고 싶어 힘들고
그걸 하고 나면 곧바로 후회가 몰려온다

찬물만 나오게 샤워기를 틀고 오들오들
머리와 어깨에 찬물을 뿌리다 보면
그걸 하고 싶다는 생각이 쏙 들어간다

하지만 그것도 잠시, 너무 오들오들 추워
온수를 섞어 틀다 보면 거시기가 점점 커져
결국 그걸 하고 나서야 샤워를 마칠 때도 있다
너는 무슨 사내 녀석이 그렇게 깔끔을 떠니?
어지간히 씻어 대고 얼른 들어가서 공부나 해!

겨우 하루 이틀 지나 미치도록 그게 또
하고 싶어지면 참을성 없는 내가 한심해,

공부를 하다가도 컴퓨터를 하다가도

머리를 쥐어박는다 이마로 책상을 들이박는다
빈 벽에 대고 팔굽혀펴기를 해 대고
침대에 누워 윗몸일으키기를 해 댄다
야 이 녀석아 벌써 자는 거야, 문 좀 열어 봐!

그걸 하고 나면 매번 멍한 후회가 몰려오지만
그걸 해결하기 전에는 도무지 공부가 되질 않는다

나 홀로 추석

추석이다 추석은 별로인데
쉬는 날이 긴 것은 마음에 든다

중학교 삼 학년 때 이후로는
명절 연휴 때 큰집에 안 간다
외갓집에도 안 들른다
엄마가 세뱃돈이나 용돈을
대신 받아다 주기도 한다

성적 얘기나 하고
가지도 않은 대학 얘기나 하는
친척들을 만나는 것보다는
혼자 집에서 지내는 게 낫기도 하다
아 공부할 거라니까요, 다행히
엄마 아빠도 귀찮은 표정을 짓는 나를
굳이 데려가려 하지 않는다

엄마 아빠는
내가 걱정돼서 그러는 건지
그냥 내 핑계를 대는 건지 명절 때면
늦게 나갔다가 일찍 돌아오시는 편이다

추석 쇠러 가는
엄마 아빠를 배웅하고 나서
비장한 각오로 책상에 앉는다

하지만 마음이 싱숭생숭해서
영 공부가 되질 않는다
티브이나 좀 보고 할까
차라리 누워서 좀 쉬다 할까,
에이 그냥 컴퓨터나 좀 하고 하자

딱 한 시간만 하고 나서 공부할 거다

제 말도 좀 들어 줘요

야자는 꼭 해야지 그걸 왜 안 하겠다는 거야?
　─아, 아빠는 매일매일 야근하고 싶으세요?

쉬는 날엔 부족한 공부도 좀 하고 그래야지?
　─아, 아빠는 쉬는 날에도 일하고 싶으세요?

방학 때 보충수업 안 받고 뭐 하겠다는 거야?
　─아, 아빠는 휴가 때도 출근하고 싶으세요?

귀 잡힌 토끼

캥거루가 되어 껑충껑충 학교로 뛰어가, 지각이야

미어캣이 되어 똑바로 정면을 응시해, 수업 시간이야

코알라가 되어 책상에 엎드려 잠을 자, 쉬는 시간이야

얼룩말이 되어 운동장을 달리고 달려, 체육 시간이야

멧돼지가 되어 허겁지겁 급식을 먹어치워, 점심시간이야

나무늘보가 되어 책상을 껴안고는 대놓고 자, 오후 수업 시간이야

하이에나가 되어 매점 주위를 어슬렁거려, 매점 타임이야

여우가 되어 약삭빠르게 새치기를 해, 쉬는 시간은 금방 가

개미핥기가 되어 초코과자를 일단 혀로 핥아, 그래야 달라고 안 해

생쥐가 되어 슬금슬금 교실 뒷문을 빠져나가, 보충수업 시간이야

두더지가 되어 피시방으로 잠입해 들어가, 역시 게임은 재밌어

아 아빠, 귀 잡힌 토끼가 되어 토끼장 같은 집으로 끌려가

속으로 막

엄마가 집에 없거나 엄마가 피곤해하면 대강 밥 챙겨서 잘 먹는다 하지만 학교 갔다가 좀 일찍 왔는데 엄마 혼자 물에만 밥에 김치랑 대충 먹고 있는 걸 보면 속으로 막 짜증이 난다 '엄마는 왜 속상하게 그러고 밥을 먹고 그래!' 말하지 않고 다른 걸로 막 짜증을 낸다

라면은 맛있다 파나 계란 같은 걸 넣고 끓여 먹으면 더 맛있다 하지만 학원 갔다 왔는데 회사에서 야근하고 온 아빠가 라면으로 대충 저녁 때우고 있는 걸 보면 속으로 막 짜증이 난다 '아빠는 왜 속상하게 라면 같은 걸 먹고 그래!' 말하지 않고 다른 걸로 막 짜증을 낸다

참깨

세상에서
제일 고소한 풀씨, 참깨

처음에
이 풀씨를 먹어 보고는
고소해서 깜짝 놀랐겠지

눈이 똥그래져서는
먹어 보고 또 먹어 보고 하다가
'고소하다'라는 말을 만들었겠지?

그러다가
엄청 잘난 척하더니
성적이 떨어져서 '고소하다'
라는 말도 나왔겠지?

3부

눈싸움

입

'입'이라 발음하면 입은 입을 다문다

'입!'이라고 소리쳐도 입은 입을 다문다
'입?'이라고 의문 품어도 입은 입을 다문다
속으로만 들리게 '입'이라 말해도 입은 입을 다문다

난 니가 좋아, 말하려다가도 입은 입을 다문다

기억의 힘

지난 토요일이었다 쉬는 날에도
언니 오빠 그림 전시를 한다고 해서
엄마랑 같이 도교육청에 그림을 보러 갔다

좀 한가한 전시회장에서 엄마와 나는
예슬 언니가 그린 그림을 먼저 보았다
자전거를 타고 날아가는 사람이
달을 지나고 있었다 어디로 가는 거지?
손에 손을 올린 아이는 속눈썹이 예뻤다
어, 잠자는 방이 따로 있네? 원하는 집
구조를 스케치한 설계도에는 방이 많았다
굽에 리본이 묶인 빨간 구두는 독특했다

하용 오빠가 그린 그림 중에는
해를 그린 것이 있었는데, 눈이 세 개였다
열기구를 그린 그림도 있었는데 내가
어릴 적에 꼭 타 보고 싶던 거랑 비슷했다

그림을 한참 보다 보니까 하용 오빠가
그린 그림 중에도 특이한 구두가 있었다
문양이 섬세하게 들어간 멋진 구두였다

그림을 보고 현관 쪽으로 나오는데
다정한 구두 굽 소리가 또각또각 들려왔다
엄마 손을 잡고 나오다가 뒤돌아보니까
예슬 언니와 하용 오빠가 멈춰 서서 웃었다
둘은 폴짝 뛰어올라 발을 딱, 부딪쳐
구두에 숨겨 둔 빛을 순식간에 터트렸다
삼백 가닥도 넘게 솟아오르는 빛줄기,

전시회장 벽에 붙어 있는 포스터에는
'기억의 힘은 강하다'고 쓰여 있었다

지난 토요일에는 엄마랑 같이 단원고
박예슬 빈하용 그림 전시회에 다녀왔다

구둣방 할아버지 앞치마

'닦음'이 아니라 '딲음'이라 쓰인 글자가
딱 어울리는 할아버지 구둣방,
구둣방 할아버지는 언제나
가죽 앞치마 두르고 앉아 구두를 만진다

한 삼십 년은 족히 넘었제! 해어지고 터져서
가죽 쪼가리를 덧대고 또 덧댄 가죽 앞치마,
구둣방 할아버지는 오른손잡이여서
왼쪽이 더 닳았지만 닳은 쪽이 더 빛나 보였다

회사 일로 늘 바쁜 엄마, 엄마의 낡은
구두 들고 오랜만에 할아버지 구둣방 간다

구둣방 할아버지는 가죽 앞치마에
보라색 가죽 쪼가리를 새로 덧대 두르고 있다
왼 무릎 위에서 둥글게 빛나고 있는 보랏빛,
머지않아 검은빛으로 반들반들 빛날 터이다

구둣방 할아버지가 구두를 수리하는 동안 나는
가죽 앞치마가 펼쳐 내미는
구둣방 할아버지의 시간을 품어 안고 천천히 걸어 본다

구두가 이 지경이 되도록 신었느냐는 핀잔,
다시 한번 엄마 대신 들으면서 나는
근처 편의점에서 산 비타민 음료 한 병을 까서 내민다
수리한 엄마 구두를 내밀려던 구둣방 할아버지는
닦이지도 않을 가죽 앞치마 끝자락에
손바닥과 손등을 쓱쓱 문지르고 비타민 음료 받아 든다

음료숫값을 까 주겠다는 구둣방 할아버지,
기특하다며 내주는 천 원을 받아 든 나는 얼른
구둣방 할아버지 앞치마 위에 도로 올려놓고
새 구두처럼 반짝이는 엄마 구두를 찾아간다

애매한 치킨

양념치킨을 시키면
프라이드치킨의 바삭한 맛이 아쉽다
프라이드치킨을 시키면
양념치킨의 매콤달콤한 맛이 아쉽다

치킨 체인점에 전화를 걸어
양념 반 프라이드 반을 시켰다
콜라 한 병 큰 거 추가요,
이렇게 시키고 나면 아쉬움이 없다

양념치킨 한 조각에 콜라 한 모금
프라이드치킨 두 조각에 콜라 두 모금,
입맛을 찌릿찌릿 다시며
텔레비전 채널을 이리저리 돌렸다
치킨과 제일 잘 어울리는 프로그램을
미리 찾아 놓아야 번거로움이 없다

딩동, 드디어 치킨 배달이 왔다

치킨 배달이 오긴 왔는데
옆 반 준희가 들고 왔다
그렇게 친하지도 않고
그렇게 안 친하지도 않은 준희

준희도 나도 멋쩍기는 마찬가지였다
말을 트고 치킨을 받아야 하나
말을 높여 치킨을 받아야 하나, 나는
현관 신발 위에 어정쩡 발을 딛고 서서
배달된 치킨을 애매하게 받아 들었다

맛있게 먹어, 치킨을 건네 준 준희가
계단을 타고 급히 뛰어 내려갔다
얼결에 나는 맨발로 현관을 나섰다
준희야, 엘리베이터 오고 있잖아!
배달이 밀려서 그래,
준희 발소리가 점점 멀어지고 있었다

내 짝 유나

내 짝은 유나다

유나는 원래
다른 애 짝이었는데
그 애가 짝을 바꿔 달라고
난리를 쳐서 내 짝이 되었다

혹시, 유나랑 짝할 사람?
애매하게 손을 들었는데
선생님이 단번에 날 알아봤다

유나는 걷는 게 좀 엉성하고
말도 좀 떠듬떠듬하는 편인데
수업 시간에 이것저것 물어 오기도 한다
모르니까 그러겠지,

한번은
힘들게 계단을 내려가는

유나를 부축하려 한 적이 있는데
유나가 화를 내며 내 팔을 뿌리쳤다
좀 당황스러웠지만 나는
아무렇지 않은 척 그냥 지나갔다

이 학기가 되면서 나는
아빠 직장 때문에 전학을 하게 되었다

종례 시간에 반 애들 앞에서
어정쩡 인사를 하는데
갑자기 유나가 울었다
아무도 안 우는데 유나만 울었다

자리로 돌아와 앉으려던 나도 그만
울음을 터트리고 말았다
유나와 나는 서로의 볼을 꼬집으며,

한참이나 훌쩍훌쩍 웃었다

눈싸움

눈이 그치고 햇볕이 났다

쉬는 시간에 우리는 우르르
운동장으로 몰려 나가 눈싸움을 했다

장갑을 끼고 나온 애들도 있었지만
맨손으로 눈을 뭉치는 애들도 적잖았다
눈이 그친 지 얼마 안 되어서 그런지
눈이 잘 뭉쳐지지는 않았다 그랬지만
꼭꼭 누르다 보면 얼추 모양이 나왔다

애들은 모두 신나게 눈싸움을 해 댔다
평소 친한 애들끼리
눈 뭉치를 들고 쫓고 쫓기며 깔깔거렸다
인기가 많은 몇몇 애들은 아예
눈사람이 되어 갔다 아쉽게도

내게 날아오는 눈 뭉치는 없었다
눈 뭉치를 던지고 도망치고는 했지만
나를 향해 눈 뭉치를 던지는 애는 없었다
혼자 넘어지며 도망치다 보면
따라오는 애가 없어 좀 민망하기도 했다

아슬아슬하게 내 옆으로
날아가는 눈 뭉치가 있긴 있었지만
나를 향해 던져진 눈 뭉치는 아니었다

겨울 방학

리조트 스키장 근처에서
정민이와 함께 방학을 보내고 있다

스키장에서 스키 점프를 하거나
스노보드를 타는 건 아니지만
정민이와 함께 보낼 수 있어 좋다
밤에 오리온자리나 황소자리 같은
별자리를 찾아보는 즐거움도 있다

스키장 근처 식당 아르바이트 이 주일째,
정민이는 홀에서 서빙을 주로 하고
나는 주방에서 설거지를 주로 한다
이 식당은 정민이네 먼 친척 집이다

한데, 오늘 그만
정민이가 서빙을 하다 엎어지는 바람에
손님한테 반찬 국물이 튀고 말았다
뭐 이따위가 다 있어, 난리를 치던

손님이 식당을 뒤집어 놓고 나간 뒤에도
정민이는 좀처럼 눈물을 그치지 못했다
더는 서빙을 못 하겠다고 고개를 저었다

사실 정민이는 나한테 고마운 친구다
외지 아르바이트만큼은 절대 안 된다는
우리 할아버지를 설득해서
보호자 동의서를 받아 낸 것도 정민이다
할아버질 혼자 두고 온 게 걸리긴 하지만
동네 아르바이트보다 시급도 세고
정민이 먼 친척 집이어서 마음도 편하다

내일부터는 정민이가 주방을 맡고
내가 홀 서빙을 맡기로 우리는 정했다
우리 돈 많이 벌어서 대학에도 꼭 같이 가자,

별자리를 찾으면서 나는 정민이 손을 꼭 잡았다

오토바이

난 알아서 살아야 하는 사람이니까
학교 대신 가게로 가, 배달을 한다

빈 그릇을 찾아오는데
갑자기 빨간불이 들어왔다

급브레이크를 잡아서인지
순간적으로 오토바이가 빙 돌았다

다행히 사람을 치지 않았고
자동차와 부딪치지도 않았다

나는 절뚝절뚝
오토바이를 세워 가게로 갔다

야, 어떻게 된 거야?

좀 민망해하고 있는데
나를 쭉 흘겨보던 사장님이

가게 앞으로 나가
넘어졌던 오토바이를 살폈다

웹툰

웹툰을 하면 안 심심해서 좋다

동생은 친구들이랑
노는 걸 좋아해서 주로 나가 노는데
나는 학교에서든 집에서든 혼자
웹툰을 그리면서 노는 걸 좋아한다

처음에는 애들이랑
별로 안 친하니까 심심해서
웹툰을 따라 그리기 시작했는데
지금은 좀 잘 그리는 편이다

그래서 꿈도 웹툰 작가로 정했다

오늘은 엄마가 모처럼
실력 발휘를 해서 포(Pho)를 만들어 줬다

포는 엄마 나라 요리여서 그런지
특별한 맛이 더 나는 것 같다

후루룩 뚝딱 그릇을 비운 나는
소파에 누워 폰으로 웹툰을 본다

내일이 일요일이니까 오늘은
늦게까지 웹툰도 실컷 보고
웹툰도 실컷 그려야지, 생각하니까

내가 웹툰 주인공이 된 것 같다

* 포(Pho): 베트남 쌀국수.

우리 반 꼴통

우리 반 꼴통은 답이 없어 진짜 답이 없어
무단 지각 무단 외출 무단 조퇴 전문인 꼴통
몰래, 담배 뻑뻑 피우고 와서는
담배 냄새 없애려고 껌을 쫙쫙 씹어 대
침도 찍찍 뱉고 입에 '개' 자를 달고 살아
만만해 보이는 선생님한테는 은근 개기기까지 해
지가 잘못해서 선생님한테 불려 갔다 와서는
혼자 구시렁구시렁하다가 욕을 해 대면서
책상을 주먹으로 치고 의자를 발로 차기도 해
지가 소란 피우고 말썽 피우면서
야 조용히 안 해, 쉬는 시간에 엎드려 자다가는
벌떡 일어나서 험악하게 소릴 지르기도 해
수업 시간에는 책도 잘 안 꺼내 놓고
필기하는 시늉만 하지 필기도 거의 안 해
손에 들려 있는 볼펜은 지 볼펜도 아니야
그 꼴통은 주정뱅이 아빠한테 엄청 맞으면서 컸대,
지금은 엄마랑만 사는데 엄마가 막일을 하다 다쳐서

알바를 두 군데나 뛰어 병원비도 보태고 그런데
엄마가 있는 병원에 가 보느라 무단으로 튀기도 한대
근데도 학교에는 엄마 폰 번호조차 안 알려 준대
딴에 알량한 자존심 상할까 봐 약해 보이면
애들이랑 선생님이 무시할까 봐 센 척하고 그러는 거래
꼴통에 대해 어떻게 그렇게 잘 아느냐고?
음, 그 꼴통이 바로 나거든 그래서 좀 알아 그치만
우리 반 꼴통은 답이 없어 진짜 답이 없어

우리 엄마

아빠는 안 그러지만
엄마는 나한테 잘 뭐라 하지 않는다

매번 잘할 수는 없잖아,
시험을 망쳐도 그냥 웃어넘겨 주고
쉬는 날 엄청 늦잠을 자도 봐주는 편이다

방이 지저분하다고 성질 안 내고
내가 학교 간 동안에 깨끗이 치워 준다
엄마, 내 방은 내가 알아서 할 테니까
그냥 내버려 둬요! 해도 소용없다

요새, 뭐 먹고 싶은 거 없니? 내가
먹고 싶어 하는 걸 물어본 다음에
찌개도 끓여 주고 반찬도 만들어 준다

어쩌다 친구들이랑 놀다 늦으면

별일 없었지? 먹을 거 좀 챙겨 줄까?
아빠한테는 공부하다 늦은 거라고
대충 얼버무려 말해 주기도 한다

엄마는
원래 엄마가 아니라서 그런가?
내가 원래 딸이 아니라서 그런가?

엄마, 나한테 뭐라 해도 괜찮아!
난 엄마 딸이잖아 엄마는 내 엄마잖아,

말해야지 생각하면서 집으로 간다

숨을 크게

점심때 소고기뭇국이 나왔다
국에 밥을 말아 먹는데 앞에 앉은
상진이가 내 국에 뭔가를 넣었다 상진이
옆에 앉은 영민이가 고갤 숙이고 키득댔다

학교가 끝난 뒤에 동네 피시방에 갔다
게임을 하다가 출출해서
컵라면을 하나 사서 먹으려는데
어디선가 불쑥 상진이와 영민이가 나타났다
야, 혼자 먹으니까 맛있나? 걔들은
내 컵라면을 가져가 번갈아 가며 후루룩댔다
딱 반 젓가락씩만 먹는다 해 놓고
대충 국물만 남긴 다음에야 나한테 내밀었다

게임을 좀 하고 피시방을 나올 때였다
야 이리 와 봐, 너 돈 좀 있지?
기분 나쁘게 웃던 상진이와 영민이가 다가와

장난을 치듯 내 주머니를 뒤졌다 갚을게 인마,
끝끝내 바지주머니에서 돈을 빼낸 걔들은
내 뒤통수를 정답게 갈기고는 깝죽깝죽 사라졌다

일요일이어서 집에서 쉬고 있는데
상진이랑 영민이가 다른 애를 시켜서
나를 골목 상가 건물 뒤쪽으로 불러냈다
야 너 죽고 싶냐? 누가 우리 험담하고 다니래,
다짜고짜 뺨을 때리고 정강이를 차 댔다
으 으윽 하악 헉 하악 헉헉 한 번만 봐줘,
사실 난 걔들 얘길 한 적도 없고
무슨 얘기든 얘기를 나눌 애도 없지만
잘못했다고 한 번만 살려 달라고 싹싹 빌었다

겨우 살아남아 집으로 가다가 나는 문득,
우리 동네서 제일 높은 상가 건물로 올라 보았다
옥상 문, 손잡이를 돌려 보니까 문이 스륵 열렸다

한 걸음 한 걸음 나는 난간을 향해 나아갔다
누군가의 손에 이끌려 가는 듯, 한 걸음 또 한 걸음
걸음을 떼다가 가까스로 나는 난간 앞에서 멈춰 섰다

숨을 크게 한 번 내쉬고 다시 더 크게 한 번 내쉬고
어떤 강한 의지를 침으로 목 끝까지 끌어 올려
여, 여, 여보세요 거, 거기 겨, 겨, 경찰서죠?
떠듬떠듬 멈칫멈칫 겨우겨우 말을 꺼내는데
얼얼하던 뺨이 하도 따끔거려서 만져 보니까
뜨건 눈물이 시원시원 터져 나와 흐르고 있었다

아빠

아빠는 삶을 탕진하기 위해 사는 사람 같았다

어제도 역시 술을 잔뜩 마시고 온 아빠는 점심이 다 되어서야 겨우 일어났다 소파에 삐딱하게 누워 머리와 배를 벅벅 긁어 대면서 리모컨으로 텔레비전 채널을 돌려 댔다 술이나 먹고 담배나 피우는 아빠, 거실 청소를 하던 엄마가 차라리 운동이라도 다녀오라고 해도 아빠는 하품을 해 대며 꿈쩍도 안 했다 죄 죄송합니다 다 다시는 이런 일 없도록 하겠습니다, 비굴한 아빠 목소리가 안방에서 계속해서 새어 나왔다 아빠는 내내 굽실굽실 쩔쩔매는 어투였다 내가 어물쩍대고 있는 사이 옷을 챙겨 입고 나온 아빠가 급히 집을 나섰다 아빠 무슨 일 있어? 아 아니 없어 금방 올게

아빠는 저녁때에야 부스스한 모습으로 돌아왔다 나는 늦게까지 책상 앞에 앉아 졸음을 참으며 책장을 넘겨 댔다

면접

고민 끝에 대학을 접었다

수능은 이제
나와는 상관없는 일이다

오 교시가 시작되기 전에
조퇴하고 면접을 보고 왔다

싸고 말 것도 없는
가방을 싸서
떠날 날이 멀지 않아,
취업 면접을 보고 왔다

부모님은 뭐 하시지?

만 십팔 세가 되기 전에
취직을 해서 나는 떠나야 한다

몸을 뉘어야 할 방을 구해
이곳, 시설을 퇴소해야 한다

베개로 머리를 감싸도
도무지 잠이 안 오는 밤,
면접관의 말만 자꾸 떠오른다

부모님은 뭐 하시지?

친구

장난을 치며 걷다가 영준이가
다른 학교 애 하나랑 살짝 부딪쳤다
어이쿠 미안요, 야 미안하면 다야!
뜻하지 않게 내 친구 영준이랑
다른 학교 애 하나랑 시비가 붙었다

우리는 세 명이었고
다른 학교 애들은 다섯 명이었다
우리랑 비슷한 또래로 보였는데
하나같이 인상은 좀 별로였다

야 너 죽고 싶어? 덩치 큰 애 하나가
영준이에게 다가오더니
멱살을 잡고 때리려는 시늉을 했다
입에 담을 수 없는 험한 욕도 해 댔다
좀 쫄렸지만 나는 둘 사이로 끼어들어
영준이와 덩치 큰 애를 갈라 놓았다

영준아 그냥 가자, 나는
영준이를 끌면서 그냥 가자고 했다
야 너는 빠져, 다른 학교 애들은
나한테까지도 떼거리로 덤빌 기세였다
학원 땜에 나 먼저 갈게, 그 와중에
친구 승진이가 도망치듯 먼저 가 버렸다

여차하면 나까지도 흠씬
두들겨 맞을 것 같은 험악한 상황, 나는
두려웠다 하지만 영준이는 내 친구니까
영준이를 가로막고 서서 애들을 끝까지 말렸다

엄청 겁이 나는 상황이었는데 다행히
사이렌 소리가 커지면서 경찰차가 왔다
어떻게 된 거지? 친구 승진이도 같이 왔다

멋진 내 가방

수업 시간에 졸리면 가방을 열고
가방 속으로 들어가 한숨 자고 나온다

수업 시간에 배가 고파지면 가방을 열고
가방 속으로 들어가 간식을 먹고 나온다

수업 시간에 지루하다 싶으면 가방을 열고
가방 속으로 들어가 놀다 나온다

수업 시간에 선생님이 질문을 하면 가방을 열고
가방 속으로 들어가 숨어 있다 나온다

달

난, 니가 야자 끝나고
교문 빠져나오는 거 매일 보는데

학원 끝난 책가방이 너를 메고
집으로 가는 거 매일 보는데

너는 혹시 요새 나, 본 적 있니?

난, 니 방이 니 몸을 끌어다
책상 앞에 앉히는 거 매일 보는데

4부

사과가 필요해

수평선

또, 앞뒤로 줄 세우기래? 봐— 옆으로 서니까 시원하니
좋잖아!

걱정 마

걱정 마, 걱정 말고 힘내

니가 그늘을 가지고 있다는 것은
니가 지금 밝은 곳에 있다는 증거이니까

아그배와 개살구와 개복숭과 나

아그배꽃은 아그배나무한테로 가서 아그배가 되었다
개살구꽃은 개살구나무한테로 가서 개살구가 되었다
개복숭꽃은 개복숭나무한테로 가서 개복숭이 되었다

아그배꽃도 개살구꽃도 개복숭꽃도 아닌 나는
엄마 아빠한테로 가서
아그배 같고 개살구 같고 개복숭 같은 아들이 되었다

교복 셔츠

교복 셔츠는
목둘레 깃이 유독 더러워진다

짜증 나거나 성질 뻗칠 때

입이 내보내려는 더러운 말을
목이 진땀 흘리며 막아 내니까 그런다

좀 이상하지 않아?

남자애들이 자위하는 건
건강하다는 증거라면서 왜

여자애가 그걸 한다고 하면
왜, 이상한 눈으로 보는 거지?
왜, 막 나가는 애로 보는 거지?

좀 웃기잖니, 그렇지 않아?

어느 날 갑자기

갱년기라서 그런가? 엄마가 변했다
기분이 좋아 헤헤하다가도 갑자기
아무 일도 아닌 걸로 막 짜증을 낸다

너는 손이 없니 발이 없니?
꼴도 보기 싫으니까 저리 가,
엄마 눈을 피해 방으로 들어가면
곧바로 방문 열고 따라 들어와
야단칠 거리를 억지로 찾아내 야단친다

남자가 뭐 대수야!
갱년기는 뭐 대순가? 엄마는
쉬는 날에 좀 쉬려는 나를 계속 불러 댄다
밥을 차리게 하고 설거지를 하게 한다
청소를 시키고 세탁기를 돌리게 한다
엄마는 허리가 쑤신다는 둥
머리가 지끈지끈 아프다는 둥 끙끙

앓는 소리를 하며 돕는 시늉만 하다 만다

아직도 밥 하나 제대로 못 푸니?
눈을 어디에 두고 청소하는 거니?
그릇을 그렇게 설렁설렁 닦을 거야?
누가 빨래를 그렇게 개랬니? 엄마는
사춘기보다 무섭다는 갱년기, 절정긴가?
사사건건 지겹게 간섭을 해 대고
툭하면 우울하다고 드러누워 운다
그러다가도 갑자기 돌변해서 잘해 준다
그러면 나는 어쩐지 더 불안해진다

그러던 엄마가 오늘 자궁경부암 수술을 했다
마취에서 깬 엄마가 식구들을 보더니 애써
씨익 웃었다 나도 씨익 웃으려고 했는데
웃으려고 하면 할수록 눈물이 더 나왔다

또 생각나는 하루

시립도서관에 가려고 버스를 기다리다 잠깐 뒤돌아보는데 대학생 같은 누나가 하이힐을 고쳐 신고 있었다 순간적으로 셔츠 안쪽 가슴이 삼분의 일쯤 보였다 어질어질해져 오는 찰나, 얼른 나는 정신을 차리고 고개를 돌렸다

시립도서관 열람실 책상에 앉아 한창 공부하고 있는데 긴 생머리 누나가 앞쪽 책상에 앉았다 짧은 꽃무늬 치마 같기도 하고 꽃무늬 반바지 같기도 한 것을 입고 있었는데 눈이 계속 그리로 가서 아무리 해도 집중이 되질 않았다

그래 집에 가서 하자, 버스를 탔는데 운 좋게 빈자리가 있어서 앉았다 그런데 안경점 앞 정류장에서 흰색 스키니진을 입은 예쁜 누나가 버스에 타더니 내 앉은 자리 앞쪽에 섰다 처음 맡아 보는 향수 냄새가 야릇하게 좋았다

며칠 참았더라, 내 방 책상에서 공부를 하려고 책을 폈는데 내 의지와 상관없이 성가시게 그게 자꾸 생각나서 나는 손쓰

110

지 않을 수 없었다

사과가 필요해

선생님한테 미친 듯이 혼나다 보면 갑자기
머릿속에서는 말벌 떼가 윙윙대고
위장에서는 마녀가 위벽을 사정없이 긁어 대
눈앞이 깜깜해지도록 박쥐 떼가 몰려와 파닥거려
아빠한테 미친 듯이 혼나다 보면 갑자기
시멘트 바닥을 긁어 대는 쇳소리가 들려오고
쇳덩이를 자르는 톱날 소리가 점점 커져 와
쥐며느리가 온몸에 엉겨 붙어 우글거리고
사마귀 떼는 앞다리와 턱을 세우고 달려들어
학원 선생님한테 미친 듯이 혼나다 보면 갑자기
손톱 세운 마귀할멈이 가슴을 쥐어짜 오고
송곳니 드러낸 흡혈귀는 목을 조여 와
냄비들은 우당탕탕 내 머리 위로 쏟아지고
접시들은 우르르 쾅쾅 내 머리를 치고 깨져 나가
엄마한테 미친 듯이 혼나다 보면 갑자기
내 속에서는 목줄 풀린 미친개가 날뛰고
하이에나 떼는 몰려다니고 사자는 으르렁거려

뿔난 염소는 뿔을 마구잡이로 휘저으며 씩씩대,
결국 나는 더 이상 참지 못하고
바락바락 악을 쓰며 엄마한테 대들게 돼
악다구니로 기어오르다가 침대에 엎드려 울게 돼
울다 지친 내 몸에 스멀스멀 감겨 오는 뱀을
있는 힘껏 뿌리치다 보면, 엄마 팔일 때도 있어

난 그래

엄마가 마음 열고 다가오면 엄마한테 막 미안해져
불퉁불퉁 말을 쏘아 대던 내가 막 부끄러워져
에구구, 엄마도 힘들었겠어요? 자전거 바퀴만 한 방귀를
데굴데굴 굴리면서 엄마한테 막 장난치고 싶어져
돼지 콧구멍처럼 코를 벌름거리고 막 웃고 싶어져
엄마 얼굴에 난 잔주름을 스팀다리미로 막 펴 주고 싶어져
환히 웃는 엄마 목젖에 매달려 막 돌고 싶어져
엄마를 내 검지 끝에 올려놓고 막 돌려 주고 싶어져
엄마 뱃살은 막 출렁거리고 엄마 눈은 막 똥그래지겠지
엄마가 마음 열고 다가오면 엄마한테 막 미안해져
엄마 힘들지, 엄마 지친 어깨를 막 토닥여 주고 싶어져
가벼운 집안일 정도는 내 손으로 뚝딱 해치우고 싶어져
엄마 나도 사랑해, 엄마를 꼭 껴안고 막 울고 싶어져

사과를 먹어

따분하고 출출할 땐 사과를 먹어 깎지 않고 먹어

사과즙을 손등으로 닦아 내며 우걱우걱 먹어
와삭와삭 와사삭와사삭 상큼한 사과 소리를 먹어

어릿광대처럼 사과 저글링을 하면서 사과를 먹어
양손으로 사과를 정중히 받으면서 사과를 먹어

왼손으로 사과를 건네고
오른손으로 사과를 건네면서 사과를 먹어
상큼한 사과를 상큼하게 주고받으면서 사과를 먹어

답답한 속이 시원시원 상쾌해질 때까지 사과를 먹어
사과를 먹는 내가 예뻐 보일 때까지 사과를 먹어

보충수업 희망 조사

겨울 방학 보충수업 희망 조사서에
처음으로 불참 표시를 해서 제출했다

예상한 대로
불참 표시를 한 몇몇 애들처럼 나도
선생님한테 불려 가서 상담을 받았다

공부하기 힘들지? 평상시
무뚝뚝해 보이던 선생님은
예상과는 달리 부드럽고 상냥하다
내가 말을 좀 무심하게 내뱉어도
얼굴을 찡그리기는커녕
미소 가득한 얼굴로 친절하기만 하다
잊고 있었던 소소한 일까지
잊지 않고 기억해 내 칭찬해 주신다
방학 때 보충수업 받는 거 좀 그렇지?

선생님과 얘기를 나누다 보니
선생님과 나는 오래전부터 아주
끈끈한 사이인 것처럼 친밀하게 느껴진다
그럼에도 자꾸 고개가 숙여지는 나를
가만히 쳐다보던 선생님은 다시 말을 이었다

선생님은 어디까지나 니 의견을 존중해,
하지만 나는 어쩐지 그 말이
방학 보충수업은 강제 사항이나 마찬가지다,
라는 말보다 부담스럽게만 여겨진다

다시 잘 생각해 보고 우리 웃으면서 만나자,
담임 선생님은 격려도 잊지 않으시며
보충수업 희망 조사 용지 한 장을 내주셨다

성적 스트레스

샤프펜슬 끝으로
손등과 손가락 사이를 찔러 댄다
졸음이 몰려온다 싶으면
엄지와 검지로 허벅지살을 꼬집어 댄다
그래, 난 해낼 수 있어!
끝까지 눈꺼풀 들어 올리며 문제집을 푼다

하지만 성적은 거기서 거기다
거울 속에 들어가 살던 때를 후회하고
놀 생각으로나 꽉 차 있던 머릿속을
주먹으로 두들겨 봐도 소용없다
자랑스러울 성적표와 내가 가고 싶은 대학,
졸음을 몰아내고 몰아내서 얻은 것은
오른 성적이 아니라 탈모다

엄마 아빠는 왜 나를 다독여
공부시키지 않았을까, 속 좁고

치사하게 부모님이나 원망한다

핵심만 콕콕 찍어 알려 주면 얼마나 좋을까,

선생님 얼굴을 빤히 쳐다보면서

머리를 쓸어 넘기다 보면

머리카락이 한 움큼씩 빠져 나온다

교복과 나

교복은 가방을 메고 학교에 가고 나는 등교하지 않았다

교실로 들어간 교복은 언제나 그랬던 것처럼 책상에 엎드렸다 수업이 시작되어서야 겨우 일어나 시간표에 맞춰 책을 꺼냈다

교복은 책가방을 메고 학교에 가고 등교하지 않은 나는 하고 싶은 것이 많아 아무것도 하지 않았다 다만, 밀린 잠을 미친 듯이 잤다

학원에 들렀다가 늦은 밤에야 돌아온 교복이 방문을 열고 들어와 내게 가방을 툭 던졌다 가방을 받아 든 나는 교복의 어깨를 툭툭 쳐 주었다

목줄

달려야 할 길이 묶여 있다

길을 앞에 두고 길에 묶여 있다
숨 막히게 줄을 당겨
혼자 두 발로 서 보는 길이 묶여 있다

목줄에 걸린 목숨이 묶여 있다
짧은 목줄에 걸린 긴 목숨이 묶여 있다

목줄이 그려 주는 테두리,
밖으로 나간 적 없는 목숨이 묶여 있다

어제보다 더 자란 목숨이
자랄수록 숨이 더 조여 오는 목숨이,

달려야 할 길에 묶여 있다

가출 전말기

아파트 계단에 앉아 생각했다
나는 누구인가 나는 왜 태어났는가
방 불을 끄고 누워서도 생각했다
인생이란 무엇인가 인생은 짧다는데
나는 왜 학교에나 가고 학원에나 가야 하는가

여름 방학 열하루째,
양치질을 하면서 나는 또 생각했다
내 얼굴은 왜 이렇게 생겼는가
나는 왜 뭐 하나 잘하는 게 없는가
엄마 아빠는 왜 툭하면 다투는 걸까
사는 건 원래 그런 걸까
엄마도 야근을 해야 하고
아빠도 야근을 해야 한다던 날,
나는 어떤 의지가 불타올라서 집을 나왔다

나는 누구인가 곧 알 수 있을 것 같았고

집만 아니라면 어디든 좋을 것 같아, 잠시 행복했다

한데 집 나오면 개고생이라는 말, 하나도
틀리지 않았다 하루 버티기도 힘들었다
배는 수시로 고파 왔고 자꾸만 졸음이 몰려왔다

겨우 이틀째 버티다가 집 근처로 돌아왔다
들어갈 것인가 말 것인가
맞아 죽을 것인가 굶어 죽을 것인가
깜깜해지도록 아파트를 몇 바퀴나 돌다가
맞아 죽을 각오 하고 집으로 들어갔다

허걱, 엄마 아빠는 내가 가출한 걸 모르고 있었다
잠시 얼떨떨했고 또 잠시 기뻤던가
안도의 한숨을 쉬면서도 오래도록 성질이 뻗쳤다
다시는 가출하지 않기로 나는 마음먹었다

별 없는 밤

야자를 하다 말고 문득 소리가 지르고 싶어져서
운동장 스탠드로 나와 아아, 호흡을 가다듬어 본다
양팔을 쭉 펴 뻗어 올려 기지개를 켜고는
어깨를 쫙 폈다가 천천히 오므려 본다
무릎을 모아 돌려 보고 허리를 세워 돌려 보다가
스탠드 계단에 앉아 별도 없는 밤하늘을 바라본다
성적 앞에서 쩔쩔매고 대입 앞에서 쩔쩔매는
나를 스탠드 계단에 앉혀 놓고 더듬더듬 더듬어 본다
학교도 집도 벽돌 공장처럼 느껴지던 때, 나는
학교나 집만 아니라면 그 어디로든 뜨고 싶었다
똑같은 틀에 찍혀 나오는 똑같은 하루는 지겨웠고
모래알처럼 작아지던 나는 자꾸 서걱대기만 했다
발 빠른 바람을 앞세우고 쏠려 다니다가
스탠드 구석에 박혀 저희들끼리 키득대는 낙엽,
마음 나눌 친구는 멀리 있었고 나는 늘 외로웠다
힘들지? 아뇨 괜찮아요, 크게 어긋난 적 없이
착하고 공부 열심히 하는 학생이 되는 건

차라리 쉬운 일, 실컷 놀고 싶어 놀지 않았고
삐딱하게 나가고 싶어 삐딱하게 나가지 않았다
용기가 없어 이성 친구 한 번 사귀지 못했다
밤늦도록 참고서와 예상 문제집을 넘기며
생각이 많아지던 나도 술렁술렁 넘겨 보았던가
용케 잘 견뎌 여기까지 온 내가 초라하게 기특하다
여전히 밤하늘에는 별이 없고 바람은 차다

이젠 이상할 것도 없는 시간

내가 늦잠을 자서 당황해하면, 시간도 당황해서 나를 팽개치고 저 혼자 버스를 타고 학교로 가 버린다 야, 같이 안 가!

지루해진 내가 수업 끝나기만 기다리고 있으면, 시간도 벌써 지루해져서 가는 둥 마는 둥 간다 야, 빨리 안 가!

간만에 친구들이랑 놀러 나가면, 시간이 먼저 시침과 분침을 자전거 바퀴처럼 굴리며 달려 나간다, 야, 천천히 좀 안 가!

별

별을 봤다

서서 보다가 앉아서 보다가 누워서 봤다
운 좋게 별똥별도 봤다
오랜만에 오래오래 별을 보는 나를,

참으로 오랜만에 오래오래 바라다봤다

별을 봤다, 말똥말똥 반짝이는 별을 봤다

파란색 고양이와 셔플 댄스를

김제곤

1

박성우 시인은 『난 빨강』(2010)이라는 시집으로 '청소년
시'라는 새로운 영역을 개척한 장본인이다. 교과서를 통해 끊
임없이 시를 접하면서도 동시와 시의 경계에서 시란 '유치한
것'이거나, '어렵고 골치 아픈 것'이라는 통념에서 결코 자유
로울 수 없던 청소년들에게 그는 무엇보다 시 읽기가 즐거운
일이 될 수도 있음을 보여 주었다.

청소년시가 하나의 독립된 장르로서 성립 가능한가에 대
해서는 이견이 없지 않지만, 우리 아동청소년 문단에 그것이
하나의 뚜렷한 창작 흐름으로 확산되고 있는 것은 누구도 부
정하기 힘든 사실이라 하겠다. 박성우의 『난 빨강』 이후 여러

시인들에 의해서 청소년시가 계속 시도되고 있으며, 그런 노력은 연이은 시집 출간으로 그 결실을 맺고 있다.

그러나 『난 빨강』의 시적 성취를 온전히 넘어서는 청소년 시집이 있었는지에 대해 나는 아직 잘 알지 못한다. 말하자면 『난 빨강』은 청소년시의 기원이자 그것의 완결판이었다 해도 과언이 아니기 때문이다. 그것은 단지 독자들의 열렬한 호응 때문만이 아니라 시적 밀도나 청소년을 바라보는 시선의 성숙에 있어 그런 것이었다고 생각한다. 그래서 『난 빨강』이후 박성우가 써내는 청소년시는 과연 어떤 모습일지가 무척이나 궁금하고 기다려졌다.

과연 박성우의 두 번째 청소년시집 『사과가 필요해』는 『난 빨강』의 성취를 잇고 있으면서 일견 새로운 모습으로 오롯하다. 박성우는 『난 빨강』에서 선보였던 청소년시의 정체를 허물지 않으면서 또한 그것이 도달했던 성취에만 머무르지 않으려는 부지런함을 보여 준다.

2

박성우가 『난 빨강』에서 보여 준 것은 어른의 시선으로 포착한 청소년의 겉모습이 아닌 그들의 진실한 내면이었다.

『사과가 필요해』에서도 여전히 돋보이는 것은 청소년의 처지에서 바라본 구체적 현실과 그 현실을 살아가는 청소년의 속내가 손에 잡힐 듯 그려져 있다는 점이다.

교복은 가방을 메고 학교에 가고 나는 등교하지 않았다

교실로 들어간 교복은 언제나 그랬던 것처럼 책상에 엎드렸다 수업이 시작되어서야 겨우 일어나 시간표에 맞춰 책을 꺼냈다

교복은 책가방을 메고 학교에 가고 등교하지 않은 나는 하고 싶은 것이 많아 아무것도 하지 않았다 다만, 밀린 잠을 미친 듯이 잤다

학원에 들렀다가 늦은 밤에야 돌아온 교복이 방문을 열고 들어와 내게 가방을 툭 던졌다 가방을 받아 든 나는 교복의 어깨를 툭툭 쳐 주었다

―「교복과 나」 전문

'교복'은 교복이 아니라 '나' 자신이다. 그러나 한사코 나는 나 대신 교복을 학교에 보냈다고 생각한다. 교복과 한 몸

이던 '나'가 교복과 분리됨으로써 나는 자유를 얻었다고 생각하지만, 내가 교복이고 교복이 곧 나 자신이라는 그 슬픈 사실은 결코 변하지 않는다. 이 움직일 수 없는 뻔한 사실을 혼자서 부정하고 있는 '나'가 참 측은해 뵌다. 측은해 뵈는 것이 어디 그런 '나'뿐이랴.

박성우가 살핀 학교와 집, 그리고 그 바깥 어디에고 아이들이 마음을 둘 공간은 없다. 학업 스트레스를 천형처럼 부여안고서 여전히 그들은 학교와 가정 안팎에서 유형, 무형으로 가해지는 억압과 결핍의 일상을 다만 꾸역꾸역 견뎌 낼 뿐이다.

『난 빨강』에서도 그랬듯 이 시집에서도 어른과의 대화는 대개 일방적으로 시작되어 일방적으로 끝난다. 어른들은 그저 완고하거나 자기중심적일 뿐이며 '그때그때 다른'(「그때그때 달라」) 이중의 태도를 보여 준다. 아이들이 어쩌다 자신의 속내를 비치기라도 하면 뾰족한 말이 사정없이 그들을 찔러 온다.

선생님한테 미친 듯이 혼나다 보면 갑자기
머릿속에서는 말벌 떼가 윙윙대고
위장에서는 마녀가 위벽을 사정없이 긁어 대
눈앞이 깜깜해지도록 박쥐 떼가 몰려와 파닥거려
아빠한테 미친 듯이 혼나다 보면 갑자기

시멘트 바닥을 긁어 대는 쇳소리가 들려오고
쇳덩이를 자르는 톱날 소리가 점점 커져 와
(…)
결국 나는 더 이상 참지 못하고
바락바락 악을 쓰며 엄마한테 대들게 돼
악다구니로 기어오르다가 침대에 엎드려 울게 돼
울다 지친 내 몸에 스멀스멀 감겨 오는 뱀을
있는 힘껏 뿌리치다 보면, 엄마 팔일 때도 있어

—「사과가 필요해」 부분

　청소년으로 짐작되는 시적 화자는 자신의 고통을 이렇게 호소한다. 아이의 그 목소리는 어른들을 향한 일종의 '도와 달라는 외침'일 텐데 먹통인 어른들은 그러나 그 외침을 결코 듣지 못한다. 어른들에게 청소년은 한낱 이유 없이 괜한 심통을 부리는 존재일 뿐이며, '온전한 사람'이 되기 위해 부단히 조련받아야 할 미숙한 존재로 비쳐질 뿐이다. 그러기에 아이들 또한 굳이 그런 어른들에게 자기의 진실된 내면을 드러내려 하지 않는다. "머릿속에 들어 있는 걸 다 꺼내 놓으면" 어른들은 "스프링처럼 튕겨져 나가"거나 "장풍을 맞은 것처럼/손발을 뻗고 날아가 가슴을 쥐어짜"(「말할까 말까」)며 고통을 호소할 것이 틀림없기 때문이다. 자신을 "속이 없는"

존재로만 여기는 어른들과 살아가기 위해 아이들은 차라리 "속을 비워" 둔 채 살아가는 길을 택한다.(「대나무 성장통」) 아아, 제 속을 비워 둔 채 자라는 아이들이라니!

3

그러나 그렇다고 해서 박성우가 새로 선보이는 청소년시들이 아이와 어른 사이 불화나 소통의 부재만을 그려 보이는 매우 칙칙하고 어두운 시들이라고 지레 짐작할 필요는 없다. 거기에는 불화 못지않은 교감(交感)과 화해의 시들이 있고, 나 아닌 타자를 따뜻하게 감싸 안는 사랑의 시들이 있으며, 어둡고 안으로 닫혀 있는 시보다 유쾌 발랄한, 밖으로 한껏 열려 있는 시들이 있다. 청소년의 삶이 억압과 결핍으로만 점철되어 있다고 보는 것은 그들의 삶을 언제나 희희낙락하는 세계라고 보는 것만큼이나 맹목적인 일일 것이다. 억압과 결핍의 뒷면에는 그것에 버금가는 청소년 특유의 생기와 충만함이 자리해 있다. 그 안에서 발현되고 있는 청소년 특유의 생명력과 상상력이 표출된 시들을 만나는 것은 무척 즐거운 일이다.

니가 내 마음을 알아주면 나는 페인트 통을 들고 날아오
를 거야 니가 가는 길마다, 니가 좋아하는 파란색을 칠해
놓을 거야!

—「난, 니가 좋아」 부분

이런 연애 감정을 누가 유치하다 할 것인가. 자전거 뒷자리
에 앉아 "옷자락을 어정쩡 잡고 있던 미진이가/내 점퍼 주머
니에 슬쩍 손을 넣어" 올 때 자신도 모르는 힘에 이끌려 페달
을 힘차게 밟는 것도 역시 그렇다.

이 힘은 어디서 오는 걸까
발에 힘이 잔뜩 들어간 나는
페달을 더 세게 밟아, 바람을 파랗게 갈랐다

—「밀착 자전거」 부분

『난 빨강』을 대표하는 색깔이 '빨강'과 '연두'였다면 이번
시집에서는 유독 '파란색'이 두드러진다. 빨강과 연두가 그
러했듯이 저 파란색은 현실의 중압감을 아랑곳하지 않는 발
랄하고 생기 있는 청소년의 모습을 상징한다고 보면 좋을 것
이다. 어디 이뿐인가. 2차 성징기의 아이들이 가지는 성(性)
에 대한 관심이나 자기 몸의 변화에 대한 솔직한 발언들 또

한 충분히 눈여겨볼 만하다. 특히 「봤니? 나는 봤어」, 「좀 이
상하지 않아?」에서 시적 화자가 제기하는 질문은 『난 빨강』
을 한 뼘 넘어서는 것들이어서 소중하다.

> 비 온 뒤에 땅이 굳어진다,
> 그래 비 오니까 슬리퍼 신고 학교 가자
>
> 뱁새가 황새 쫓아가다가 가랑이 찢어진다,
> 그래 천천히 학교에 가자
>
> ──「내 맘대로 속담 공부」 부분

> 내가 늦잠을 자서 당황해하면, 시간도 당황해서 나를 팽개
> 치고 저 혼자 버스를 타고 학교로 가 버린다 야, 같이 안 가!
> ──「이젠 이상할 것도 없는 시간」 부분

이런 능청스러운 언어의 향연 역시 무척 유쾌한 것이지만,
갑갑한 현실에 작은 구멍을 내어 해방감을 맛보게 하는 다음
시도 재미나게 읽힌다.

> 수업 시간에 졸리면 가방을 열고
> 가방 속으로 들어가 한숨 자고 나온다

수업 시간에 배가 고파지면 가방을 열고
가방 속으로 들어가 간식을 먹고 나온다

수업 시간에 지루하다 싶으면 가방을 열고
가방 속으로 들어가 놀다 나온다

수업 시간에 선생님이 질문을 하면 가방을 열고
가방 속으로 들어가 숨어 있다 나온다

　　　　　　　　　　　　　　—「멋진 내 가방」 전문

　우리 현실에 정말 이런 가방이 있고 없는지는 그리 중요하
지 않다. 아니, 아이가 몸담고 있는 현실은 그런 '멋진 가방'
의 존재를 절대 인정하고 용납할 리가 없다. 그래서 더더욱
'멋진 내 가방'은 저 갑갑한 현실에서 '나'를 구원하는 마법
의 공간이 된다. 아이는 갑갑하고 무기력한 현실과 마주할 때
마다 제 스스로 만들어 낸 그 공간 안으로 들어감으로써 자
유와 안온함을 만끽한다. 또한 가방 밖의 무기력하고 따분한
현실의 시간을 견딜 인내심과 새로운 기운을 얻는다.

4

현실이 그리 만만한 것이 아니라는 것을 그러나 우리 모두는 잘 알고 있다. 제트 엔진을 단 채 아프리카로 날아가는 학교를 상상하고 있는 나에게 선생님은 "집중 안 하고 계속 멍때릴래?"(「학교 데리고 다녀오겠습니다」) 핀잔을 줄 뿐이고, "미소 가득한 얼굴로 친절하"게 "보충수업 희망 조사 용지"(「보충수업 희망 조사」)를 내민다. "졸음을 몰아내고 몰아내"면서 문제집을 풀지만 얻는 것은 "성적이 아니라 탈모"(「성적 스트레스」)다. "사사건건 시비를 걸던 엄마가/칭찬도 해 주고 격려도 해"줄 때면 마음이 좋아지기는커녕 "엄마가 갑자기 무서워진다"(「뭐지」). "짜증 나거나 성질 뻗칠 때//입이 내보내려는 더러운 말을/목이 진땀 흘리며 막아"(「교복 셔츠」) 내느라 교복 셔츠의 깃은 자꾸만 더러워지고, 참고 참다가 더 이상 참을 수 없을 때 "야자를 하다 말고 (…)/운동장 스탠드로 나와 아아"(「별 없는 밤」) 소리를 지르며 초라해진 자신을 달랜다. 그래도 답답한 그 속은 풀리지 않는다.

　　달려야 할 길이 묶여 있다

　　길을 앞에 두고 길에 묶여 있다

숨 막히게 줄을 당겨
혼자 두 발로 서 보는 길이 묶여 있다

목줄에 걸린 목숨이 묶여 있다
짧은 목줄에 걸린 긴 목숨이 묶여 있다

목줄이 그려 주는 테두리,
밖으로 나간 적 없는 목숨이 묶여 있다

어제보다 더 자란 목숨이
자랄수록 숨이 더 조여 오는 목숨이

달려야 할 길에 묶여 있다

—「목줄」전문

현실이 비루하고 고단할수록 자신의 속을 비워 내며, 지금
까지 어떻게든 자신이 지닌 생명력과 상상력으로 그것을 극
복하려 애썼던 아이들의 의지가 그만 턱, 하고 이 '목줄'에 걸
리고 만다. "묶여 있다"가 무려 일곱 번이나 반복되는 이 비
장한 시「목줄」을 읽다가 갑자기 나 역시 하나의 질문에 턱
발목이 잡히고 만다. 이 시는 과연 누구를 위한 시일까. 이 질

문에 대한 답을 생각하다 보니 문득 청소년시는 청소년만 읽어야 할 시가 아니라는 대견한 생각에 이르게 되고, 청소년시야말로 청소년 바깥의 어른들에게 말을 걸어오는 시가 아닐까를 생각하게 된다. 어쩌면 이 시집에서 시인이 보여 주려했던 청소년의 일상과 내면들은 청소년 자신에게는 너무나 익숙한 것투성이가 아닌가. 나는 정신이 번쩍 들면서 다시 시집 서두로 돌아가 시를 더 꼼꼼히 읽어 보기로 한다. 시집 맨 앞에는 이런 시가 실려 있다.

　　화단 그늘에 들어 낮잠을 자던 고양이가 벌떡 일어나 비의 신발장에서 구두를 꺼내 신고 교실 난간으로 뛰어오른다 쿵쿵 쿵쿵 쿠구궁 쿵쿵, 셔플 댄스를 춘다 얘들아 잠깐, 나랑 같이 셔플 댄스 안 출래? 우리들은 책상 위로 올라가고 선생님은 교탁 위로 올라가 쿵쿵 쿵쿵 쿠구궁 쿵쿵, 셔플 댄스를 춘다

　　　　　　　　　　　　　　　　　　—「소나기」전문

　한없이 처지기만 하는 한여름 대낮, 그러니까 점심시간 직후의 5교시쯤, 교실은 나른하고 지루한 공기로 휩싸여 숨이 막힐 지경이다. 그때 텁텁하고 무지근한 대기를 흔들며 한줄기 시원한 소나기가 쏟아져 내린다. 그 소리에 까무룩 잦아들

던 교실은 일순 생기가 돌고 덩달아 우리들의 심장도 '쿵쿵 쿵쿵 쿠구궁 쿵쿵' 빠르게 뛰기 시작한다. "비의 신발장에서 구두를 꺼내 신"은 고양이의 등장은 말하자면 이 시의 압권이다. 비의 구두를 신고 나타나 자연과 인간, 어른과 아이의 혼연일체를 불러오는 고양이는 신비롭고 위대하다. 하지만 그런 고양이가 어디 그 고양이 하나뿐이겠는가. 새 시집 『사과가 필요해』를 일군 시인의 얼굴에서도 나는 문득 그 고양이 얼굴을 본다.

김제곤 | 문학평론가

꼭 그렇지는 않을진대 어쩐지 나는
시를 쓰면서 울었던 일만 떠오른다.

아무리 그렇다고 해도 나는
내 좋은 친구인 너에게 씨익,
이 말 한마디는 해야 할 것 같다.

앞서간 애들이 있다고 해서
너와 내가 뒤처진 길을 가는 건 아니야!

2017년 1월 눈길에서
박성우

창비청소년문학 77

사과가 필요해

초판 1쇄 발행 • 2017년 2월 10일
초판 6쇄 발행 • 2021년 9월 16일

지은이 • 박성우
펴낸이 • 강일우
책임편집 • 정편집실 김영선 이윤정
조판 • 박아경 박지현
펴낸곳 • (주)창비
등록 • 1986년 8월 5일 제85호
주소 • 10881 경기도 파주시 회동길 184
전화 • 031-955-3333
팩시밀리 • 영업 031-955-3399 편집 031-955-3400
홈페이지 • www.changbi.com
전자우편 • ya@changbi.com

ⓒ 박성우 2017
ISBN 978-89-364-5677-1 43810